JN225873

歌集

月に射されたままのからだで

勺禰子

六花書林

月に射されたままのからだで　＊　目次

一、橋の向かう

装画　山本じん　銀筆「淤能碁呂島」
『絵本古事記　よみがえり―イザナギと
イザナミ』（国書刊行会　二〇一五）より
装幀　真田幸治

月に射されたままのからだで

まだ嗅がぬ遠野の森を踏み分けてゐた月曜日　道行きじみて

一、橋の向かう

離陸

改札へゆく階段に今朝もまだある蛾の屍骸
がオブジェのごとく

定刻に擦れ違ふ朝のドーベルマン頭の中に
ひろがる惨事

不機嫌が基本にあるといふ人の眉間の黒子(ほくろ)
に吹く朱い風

街路樹の根が突き破るアスファルト誰のせ
ゐでもないほころびさ

裏がへる葉をびらびらと見せつけて伐られ
ても伐られてもケヤキは伸びる

嘆き死んだ遊女の墓のあるあたりから湧き
出づる温泉ぬるし

今生の別れのやうな爆音が橋の向かうの離
陸を告げる

山姥（やまうば）の軀を隠す桜花こころはなんどでもよ
みがへる

和三盆

舗道上に氷ひとかけ落ちてゐてなんの咎なのかはわからない

東洋陶磁美術館

内臓と女性について語りだす束の間。天井から蒼（あを）が射す

うつそみのものとしてある夕焼けの川面が
櫂を揺らしてをりぬ

熊蟬が傷つかぬままころがりて後（のち）にうごか
ぬほどのしづけさ

Dead Sleep　夜毎に死ぬる祝福を今生に知
らぬフンボルトペンギン

バンドウイルカが尾ひれゆうらり揺らすた
び玉の緒ひとつづつ生まれゆく

まんまるの和三盆ころころ口の中ひろがっ
てゆくものひとつあり

ふじだな

天象儀を並び見上げて手をつなぐこと易ければこそ　触れざりき

清浄な眼をした神と向きあひてかなしいくらゐに吾も清浄

間断なく溶けゆく雪は状態に執着すること
なく転生す

落ちたての花びらを轢く感触のなまなまと
車輪伝ひ登り来

あたらしい街の自転車みな早く、ああ坂道
が少ない所為だ

三日月は中有(ちゅうう)の中をさまよひて行方不明の
やうなベランダ

藤棚に入り込む風に撫ぜられて生のすべて
を糺されてをり

耐へられぬ軽さなぞなく存在といふ救ひあ
り　いふ地獄あり

パリパリと水菜に音を出させては口中に夏
をひろげてゐたり

ひんやりと夜が明けゆけば蒼天のあの夏の
日に何度でも居る

ルナパーク

悲田院千四百年この町にへばりつきたる名
こそ愛(かな)しめ

西門(さいもん)を出でて地上の補陀落を渡りつづけて
ゐる雨上がり

一九一二年、内国勧業博覧会跡地に開園

ルナパーク通天閣は山越しの阿弥陀如来を
迎へる装置

日に一度は思ひ出す香田証生もたそかれど
きにはかき消されゆく

はふり・ふはり・はふり・ふはり　と転が
せば屠（はふ）るとふ言の葉のやさしさ

「中学生の3割以上が鬱傾向」拡声器広げ
る声華やいで

植ゑられし花は刈られん。わたくしは山に
居ずとも密やかに咲け

所有

廃村の集会所には鍵がなく黒板にかすれた
「新住所」二つ

凍み豆腐吊るされたまま廃屋の軒下の空気
だけがねぢれる

峠から眺めるときに思ひ出す　女郎のあたしを殺めたをとこ

十歳の吾は賛同しかねつつ惹かれた「い・け・な・い・ルージュマジック」

ベルリンもベンツもBで始まれどモンゴロイドのVの幻聴

粘菌のライフサイクル充ち足りて、人は不
完全。人でよかつた

有機交流電燈ふたつ明滅の滅のたびごと綻
びてゆく

「方言を所有する」と謂ふときの所有とは
何か考へてゐる

「お子様の手をしっかりとお繋ぎく…」エスカレーターにまで糺される

雨の降る上本町（うへほんまち）に毀たれてゆかむと近鉄劇場は立つ

夕映えに釈迢空のしんねうが伸びだしてきてねろり張り付く

この師走クリスマス色に彩られほんまにう
れしいんか？通天閣

今の世に電波届かぬ山ありて生駒の腹を潜(くぐ)
るさみしさ

鯖街道

遠敷（をにふ）にてバスを降りれば透きとほる鰈六尾が五列干されき

下宮と呼ばれし若狭姫神社の銀杏降る下に場所を分け合ふ

上宮と呼ばれし若狭彦神社一粁（キロ）余りを離れ
寄り添ふ

知らぬ地のなべて気になる固有名詞その極
み「竜前文化財愛護少年団」

そのかみの〈街道稼ぎ〉の恋のこと思へば
峠の匂ひは湿る

見せ消ち

おびただしき謚（おくりな）西に向かひをる朝の上町台地を南下す

複写用カーボンをまだ使ってる職場に絶滅危惧種の多し

見せ消ちといふやり方のその奥のづうづう
しさを哀れさを思ふ

公園でお弁当食べる今日もまたとことこと
来るアルビノの鳩

嗚咽してすべて赦されたい真昼校正作業の
途中突然

幼き日風呂場でゆまりせしことの開放感を
しばし思ひぬ

「訴」といふは「逆方向に切り込みを入れ
る」と電子辞書のたまひき

「婦人服地ミモザ」は閉まり宵口にいづく
から？もう手相観が居る

小さければ小さくにほふ往き過ぎの植ゑ込みにきつと仔猫のむくろ

いちばんさみしいときにあなたは不在とふヘモグロビンの足りなくて嗚呼

「おやすみ」の約束時間守れずに午前三時に焼いてゐる餅

風の気持ちの強さゆゑ

自意識のかたまりのやうな思春期の少女集団で居れば疎まし

熱く熱く咽頭を落ちてゆく珈琲　爛れたしすでに爛れてゐたし

水玉色の水玉かなしピンク色の水玉いやらし水玉あはれ

軒下のあぢさゐのあを滴りてしみわたりゆく街にからだに

大抵は東に向かひ仕事する吾の先に君居ると思へば

突然の雹になぎたふされたくて伸びたのか
青い草の溜め息

雷鳴も生駒の腹も潜りぬけ君はわたしを抱
きしめに来る

風の強さは風の気持ちの強さゆゑ吾も立ち
たるまま風に向かふ

玉津交差点

くちびるできみをふふめばたちまちにふふみかへされる昼のしづけさ

かなしみの鳥居と見ゆるそこここは潜ることのみ玉津交差点

一番困らせたくない人を困らせて秋の底ひの底ひただよふ

かかってこんかいと大概は思うてる美禰子のやうに強くなければど

漱石「三四郎」

貪欲を貪欲と誤植せし誌面みつけ陥るマイナス思考

東小橋（をばせ）北公園をよぎる真夜公衆便所だけが
明るい

近鉄大阪線高架から見おろせば瓦なみうつ
愛染小路

後付けの情念なんかは置いといて藤圭子の
声を聴いてみよ

君帰り河内（かはち）にひとり眠る夜の君の匂ひのすれば、泣かぬよ

明日早朝すでに今宵とつながりて私を机上で待つ校正紙

つながりながら

あきらめてゐた夏休み得て七時三十六分改
札を過ぐ

新大阪にのぞみが滑りこむときの光は自在
に逃げ切つてゐる

名も知らぬままに峠のわき腹をいく度も貫
通して運ばれる

上有田なつの終はりに降り立てばかすかに
時間の流れがゆるい

今泉今右衛門窯おとづれし昼過ぎそろそろ
麦酒がほしい

一揃へ八十万円の湯呑みなんかで飲みたくない、といふこともなし

一列に有田の坂を自転車で降りてゆく君とつながりながら

暗越奈良街道

猥雑にくりかへしては生(あ)れ消ゆる町に街道
あまた交差す

鶴橋は焼肉のみがにほふにはあらで鮮魚の
あかき身にほふ

行き先は「鮮魚」と示されエプロンの伊勢
湾の人ら乗る鮮魚列車

生きてゐたもののにほひがきはまりて鶴橋
人情市場は充ちる

両岸に茶屋ありしといふ二軒茶屋跡から
暗峠を目指す

旧道を辿り暗峠まで今日のふたりとして今
日をゆく

きちんと育てられたんやねと君は言ふ私の
闇に触れてゐるのに

誰一人包むことなくひつそりと山に抱かれ
眠る廃村

夜が白みはじめるころにふくらみを増しくる咎を抱きつつ眠る

野良猫は飼へぬわたしもそのやうなもので互ひの視線を逸らす

すひかけのつつじがいきをふきかへしすひかへすやうなくちづけをする

上映会なれば見知らぬ人たちと並び観てゐる金魚の交尾

とりわさは何故にとりわさびといはぬ行方不明の「び」を思ひ食む

残された後のひとりを思はせて乗り換へる山のホームは寒い

はつきりとわかる河内へ帰るとき生駒トンネル下り坂なり

足早にゆく君の朝思ひつつ私も歩幅を整へてゆく

奈良がすき奈良はきらひといふときにならはあたしが好きなんやろか

吉野では「鬼も内」だと君がいふ今年の桜
はひとかたならず

この雨と湿気を吸ひし十津川の黒き森育つ
やうに、止まらぬ

春風

半年の学生証を持つ春の規則正しく一日(ひとひ)は
終はる
もう深夜残業もない毎日の眠りは少し浅く
なつた

束の間にきのふの風の匂ひして今朝は微熱をもてあましをり

平城の宮よみがへりその脇にボウリング場の廃墟かなしも

ボロディンの「中央アジアの草原にて」を久々に吾が内耳に聴きぬ

はかなさをおもふときのみ存在が確かさを
主張してきて困る

抱きしめて呉れてわかつた春風が強く吹い
てゐて凍えてゐた

匂ひから君とひとつになつてゆく隧道（とんねる）のや
うな闇さへ光

もうなにもしんぱいせんでええんやと言はれてるやうな「おやすみ」の声

時間軸

ゆら、と夾竹桃揺れて大阪の午後二時半八月は混濁

台風のちかづくといふまひる間の日傘しなるわしなるでしかし

大阪駅は上へ横へと継ぎ足されホームで待
つてゐるのが怖い

梅田から二十八分揺られるといふほども揺
れぬ新快速は

明日君が来ると思へば時間軸すこし揺すり
ぬ　京都駅にて

魂(コン)の字はたましひといふ訓読みの、いにし
へびとの勇気を思ふ

接ぐと注ぐでは同じ音でも間断の具合が違
ふ。接ぐ、はさみしい

きまぐれな猫といふけどそのときの猫は真
剣だつたと思ふ

吾のみじかき生命線を幾たびも爪でくきく
きくき伸ばす君

穏やかな眠りはすこし触れながらそれでも
連れて行って呉れない

真夜中の森を粘菌ひろがりて変容を遂げる
朝の森にて

さまざまなことは動けど大阪の空は定刻どほり秋空

地は破る　＊題詠

地は破る、いや千早ぶると詠みたきにＩＭＥ変換は唐突に覚醒す　《千》

色即是空耳だけ遺し芳一は消えて今でも衣擦れを聴く　《空耳》

対義語は向き合ふ言葉たちのこと　関係性は認知されてゐる　《対》

腕の中のわたしの名前を何度でも呼んで私は確かめられる　《腕》

アメリカンコーヒーを飲む人たちはきつと家出をしないと思ふ　《アメリカ》

ブルックナー交響曲第七番を聴くとき宇宙
にあまたのきこり　《第》

そのかみの私の几帳面な字が並ぶ西洋哲学
ノート　《ノート》

換算表は必ず比例するものと思ふ愚に枯葉
は一斉に降る　《換》

駅ナカ時代

まだ荒れてゐた吾の手を天守閣ならび見し
のち初めて君は、

冬、と言ふだけでかなしみやってきてひら
がなで書く「ふゆ」のなほさら

山上に夜明けの昏さを担はせてまばゆいば
かりに雲はたなびく

ものがたり読み終へ急に欲しくなる焦燥
読み進めてゐたときの

夕方の急行に乗る駅ナカで逢ひ飲みかすか
に触れあふために

枚岡（ひらをか）を越え額田越え石切に続く眼下の景色
神さぶ

はじめてのそして最後の夕日浴び解体家屋
はからだを開く

複雑な線路かならず待たされて車窓の十五
所神社も覚ゆ

宵のうち二時間そばにゐるだけの今を「駅ナカ時代」と呼ばう

走り書きの言の葉ならぶ箸袋みつけて昨夜の息づかひ嗅ぐ

十七番出口

切符売場が賑はつてゐる。フレッシャーズ
と呼べる羊のやうな人たち

少しづつビッグイシューのをじさんと打ち
解けて十七番出口

角ごとにタバコ屋　女男（めを）の群立ちて煙たな
びくオフィス街かな

「わたしそこはこだはつてないから」と言
ふときのこだはりをこそ恐怖と思へ

国難といふとき急に顕はれる国とは今更な
がら、概念

誰かいまハミングしてゐる　薄俸と云へど
通勤電車は充ちて

尖んがつたヒールは先から綻びて熟睡をんなの膝を開かしむ

刻々と報道される事実より吾は信じる線路の勾配

惨劇といふはたやすきことならず赤き腹み
せ百足死ぬとき

冬ざれのざれの語源を妄想のうちに数へて
帰路をゆくなり

うなぎ

残雪に光を増せばみづうみに津波はないと
ふ思ひはゆらぐ

今津とはもはや「今」ではあり得ぬが津々
浦々に今宮、今里

都久夫須麻（つくぶすま）神社の崖から竜王にかはらけ投
げるほどのしあはせ

みづうみに沿ひて午睡を促してバスはわれ
らを菅浦へ運ぶ

湖岸にもかすかに波は寄すれども真水であ
れば匂ひを持たず

「かくれ里」と名付けしことの不躾を感じ
ざりしか白洲正子は

「じゅんじゅん」といふ名の鰻鍋はさみ君
と真くろき竹生島見ゆ

すき焼きとして食ぶるときなまめかしいほ
どにうなぎはやはらかくなる

二、元参道

あるべきやうわ

大阪の夕日を海にしづめ終へさやうなら
潮の遠鳴りを聴く

快晴に青々と湧く生駒山生まれて初めて県
民となる

マンホールに描かれてゐる未来都市　役行者の山とこそ知れ

朝潜り夜に潜りて卯年文月日常となる生駒トンネル

糠床はふかふか人参も入れて君を待つ君はニンジン嫌ひ

①挙式なく②同居を始めたときもない、われらの出だす婚姻届

明恵上人、阿留辺畿夜宇和

僧には僧の俗には俗の、君と吾には君と吾とのあるべきやうわ

かにかくも生駒の山の龍穴にささぶね浮かべ風にしたがふ

コスモスクエア

難波津をこぎいづる船ゆきかひしあたりに
聳ゆ咲洲(さきしま)庁舎

今はむかし国際港と思ほえばコスモスクエ
アとふ名をば肯ふ

しやくさんはあの釈ですかと問はるるに十勺で一合の勺ですとは言へず

人工島にも地名の力は残るゆゑ住之江区から生駒山おもふ

さりげなく厳しき残暑関電のでんき予報は九割超ゆる

あたらしい住まひは新参道筋

山腹の石灯籠につらなりてふるへるやうに
点る色町

その栄華あますことなく失ひし参道が残す
パレス温泉

満月に照らされパレス温泉は残り湯をいま
吐き出だしつつ

水耕栽培

さきつぽに触れてしまつて傷つける点眼薬を差すのが下手だ

濃く強く感情線の似てをればたまの嘘にも気づいてをりぬ

やはらかなはなびらが母である茄子をふふめば吾に充ちるむらさき

もう一度みごもりたいと思ふ夜の厨に水耕栽培は萌ゆ

爪先に雨じんわりとしみてきて君にほぐされゆくまでを待つ

金沢

横殴りの雪になぶられ笑ってる雪だるま三つ天気予報に

音のない雪の朝（あした）を迎へむと何年越しの浅野川みゆ

金沢の雪の重みよこんなにも濡れながら
「在る」を主張してやまぬ

「思ひやりの雪すかしシャベル」に嬉嬉と
して雪掻く君を言ひふらしたし

雪の質感がＳｅｉｎ（ザイン）を顕せば哲学者多き街
とうべなふ

「カーネーション」
二〇一一年秋、朝の連続テレビ小説

言うちゃるわ、早よ寝り、食べり、行っちょいで。糸子の母は祖母の面影

紺屋には白袴あり洋装店には和服の縫ひ子あまたひしめく

東洋のマンチェスター

女工たちは流行りの服の買ひ手でもありし
か「いとへん」さかゆる町で

周防さんの遠いまなざし　三味線の音色が
触れるたびに哀しい

「外れても踏みとどまつても人の道」三浦
平蔵組合長宣る

あの曲がり角の鈍角やさしくて「行っちょいで」と見送られてみんな

父の盃

をのこ欲りし父が次々購ひし超合金は部屋にあふれて

とんち話の主人公なる父の名が恥づかしかつた学級名簿

アイビールック信奉者

ズボン裾の長い男とよもや連れ添ふなと幼
き吾にのたまひき

一度だけ叩かれしこと。理由など忘れ去ら
れて残る手のひら

手のひらの意外に軽き風圧は弱さやさしさ、
同じことだが

西洋にかぶれつづけて七十余年（ななそよとせ）最近演歌も
好きといふこと

色彩の分からなくなる父の目に口にたくあ
ん紙のごとしも

アルコホル分解力を受け継ぎてまだ一献の
機会のなきまま

ただ一度きりの二人で出かけたる池のほとりの柿の葉寿司屋

二十四の吾はお酌を知らざれば手酌の父さへ記憶にはなし

もう酒を受けつけられぬ父の前　見えぬ盃このごろ見える

斎場御嶽

スマホにて『翁の発生』読み直す九月尽に
ゆく島のため

その日、オスプレイは初上陸断念

台風十七号（ジェラワット）直撃するといふ島に向けて発つ
日の伊丹快晴

見おろせばさざ波のごと　あんなにも越え
難かりし生駒の山は

海上の道のみをゆく折口と思ひしが昭和十
一年那覇を飛行機で発つ

嵐の前夜市場本通りで購ひしカーサムーチ
ー分け合ひて食ぶ

本島直撃、国立劇場の組踊は中止

はめ殺し窓から涙つぎつぎにあふれる風速
六十一メートルの雨

翌日は快晴、御嶽をめぐる

みたされて風もそよがぬ陰（ほと）として緑濃くす
る斎場御嶽（せいふぁうたき）

茶がゆ

枯れる日のあると思へぬほど繁るゴーヤー
のみどり肌をそめゆく

向かひあひ食めばお箸の持ち方を君はしづ
かに直してくれる

江戸風俗研究家

そのかみの杉浦日向子の死を知らず吾の十年(とせ)の波瀾にあれば

ヘキの濃き夫婦なりしか日向子氏と荒俣氏との不協和を思ふ

「宵越しの金は持てない」大火にて常に焼き払はれる江戸とは

南都にはあらぬ生駒の稜線に大火なく即ち
リセットもなく

小角(をづぬ)以来の土の上(へ)に建つテレビ塔群を冠し
て生駒山立つ

上書きをしていけばいい　君の言ふことは
正しい焼き払へぬのだから

今生に残せるものの少なくてそのときどきの歩幅あし音

虫すだく夜は更けゆく手も足も記憶でできてゐると思ふまで

こがれるときのあの感触は減りゆけどいとしさは増す茶がゆ食みつつ

折り返し地点を返上してあゆむ遅すぎる愛
などなしと決めれば

消えもせず誰も歩かぬ元参道焼き払はれぬ
堆さもて

ものの始まり

そのかみの「もののはじまりゃ皆な堺」思へば無邪気な刷り込みである

腕相撲組みたふさるる激しさに女男の違ひを知りぬ十六

旧堺女学校

水色のセーラー服はマニアにも人気でときどき盗まれてゐた

ふたむかし前の思ひ出コインシューズの底は外側ばかりが減つた

受かつたら連絡すると言ひしまま行方知れずの剣道部員

黄金の日々を暮らしし商人(あきびと)の侘びて身体に
茶をいれてゆく

包丁と茶菓子のみ残るこの街に書店つぎつ
ぎ店を閉めゆく

傘をななめに

「税」一字足りないことが気にかかる「消
費増税」踊る紙面に

四分の遅延くらゐでざわめいて足音だけが
ちらばつてゆく

心込め異国の人に説明をする駅員の身振り
は増して

地下鉄を降りて地上へ向かふとき傘をなな
めに振る人はあほ

十七番出口上るとビッグイシュー持つホリ
さんが見つけてくれる

毎月一日と十五日が発売日

月二回話す以外は目くばせのみのホリさん
の神経痛が気になる

七時から十九時までをホリさんは昼ごはん
抜きで立ち尽くしをり

忘れられた日本人

パン屋さんの前までやってきて気づく　食べたかったのはおにぎり

人の波引いてしばらく思慮深くエスカレーター止まりゆくさま

宮本常一著『忘れられた日本人』

「土佐源氏」読み返しつつ辺境のはるか牛
小屋の逢瀬を思ふ

かまふとかいらふといふ語の感触はなまめ
きを増す、語られるとき

声のよき男は仕事だけでなく「よいたのし
みがある」と翁は言ひぬ

歌垣は賭けがつきもの巡礼の美女と契りし鈴木老人（声よき男）

人が使ふ道具すなはち民具ならばプラ容器こそ愛しかりけれ

忘れられた日本人にほんぢゆうにあふれ時にマイ箸マイボトル持つ

大和文華館

なまこ壁潜つて入るつきあたり竹は明るく
間引かれてゐる

人々が忍耐強く解説を聞いてゐるその真横
を抜ける

蛙股池(かへるまた)の由来を三回目だらうか君にまた
聞いてゐる

宋胡録(スワンカローク)のイントネーション試すとき耳持
つ青磁に脈がながれる

青花双魚文大皿

「やや奔放」と解説されて明代の青き魚は
大皿に泳ぐ

十津川

日のかげりゆく山麓を南へとひた走らせる
道行きのごと

紀伊半島大水害

息をのむ崩落のあと　縫ふやうに何度も何
度もつくられる道

十津川は今し秘境を脱しつつ二十一の穴を
山に開けたり

「大踊り」といふ名のしづかな盆踊り女男
は扇を手に円を描く

はげしさを身に溜めぬやう送り出すしぐさ
か　熱を帯びゆく扇

今宵十津川の人らは二十四曲もの盆踊りを
踊らんとする

ジュリアナ東京を彷彿させて扇舞ふヨッサ
ヨッサ男らの声高まれば

水の音に目覚めるあした君の横で場所も時
代もしばしわからず

果無集落、すでに集落とは呼びがたく世界
遺産を押し付ける酷

「母ちゃんが死んだらおしまひ十年後来て
もこの景色はもうないよ」

こんこんと湧く山水にかがやいて尾根の稲
穂は彼岸じみゆく

上野地とを結ぶための
谷瀬集落の橋ゆゑ「谷瀬の吊り橋」で皆が
ゐるのは谷瀬ではない

村産材の木造仮設住宅が日に照らされる束
の間を過ぐ

三、月の放つ音

強行採決

それはまるで治■■■■この歌もいつか誰
かに■■■■■■■

反戦川柳作家 一九〇九―一九三八

「エノケンの笑ひにつゞく暗い明日」拷問
のすゑ鶴彬（つるあきら）死す

ハンプティ・ダンプティは宣る「言葉とは
自分が選んだ意味だけで使ふのだ」

「政治上その他の主義主張に基づきこれを
強要」する人らのする強行採決

防火用バケツ

迷ひとは無縁の速度を保ちつつ燕抜けゆくちさき山門

牡鹿の四倍生息するといふ牝鹿七三〇頭ゐる春の公園

防火用バケツに顔を埋めつつ鹿のお尻は無防備すぎる

葉ざくらに執ねく残る花びらは雨に襤褸の不様を愛す

二月堂裏の垂木に高々と古太夫の千社札一枚

パパサマヱ

執拗に揺さぶりながら存在を問ひくる伯備
線特急やくも

高梁川に沿ひ揺れながら北上すをろちのか
らだを持て余しつつ

松江城

無秩序と思へるほどに鎹（かすがひ）でつなぎとめられ天守を立たす

天上のかろやかさに鳴く蛙あれば録音と紛ふ八雲旧居

離れて暮らすハーン宛

言の葉のいちばん強い届きやう子が片仮名で書く「パパサマヱ。」

雑巾

雑巾をドーキンと呼ぶ泉州弁の祖母は呼ぶ
らんアベシンドーと

ここ数年朝ドラは反戦説きしゆゑ騙されさ
うだつた国営放送だつた

「君死にたまふことなかれ」朗読後

昼過ぎに抗議の灯油被りしを黙殺し終はる
ニュース7は

二〇一四年七月三日

食ひ下がる接続詞さへ踏み潰す官房長官の
眼が死んでゐる

しかし、けれど、ですがとつなぐ国谷キャ
スターが連れていかれるいつか、既に？

「集団」にあまたの名詞つきをれど「的」
でねぢれる行く末がある

いきもののゆまりのにほひあふれ出て雑草
は夏に記憶をむすぶ

いちめんの柏葉あぢさゐ花しをれなるほど
と思ふまでに柏葉

小さな駅

車内放送にさだまさしの声流れだし存外小さき終着駅は

片足の鳥居の脇のアパートの下着揺らめく205号

台風の余波にあふられ辿り着く軍艦島は近未来めく

度し難し御国自慢を紹興酒飲みつつ放置しつつ夜も更け

自画自讃過ぎて醒めゆくこころもて熱き祭りを遠く見てゐる

掛け声の整ひ過ぎて軍隊のルーツと思ふ海の街かな

人はみな記録のうつは顧みぬまま遺しゆく僻（へき）を抱へて

ひつじ

二〇〇三年一月二十八日

遠きふゆ大きなる眼をみひらきて吾を見しこと吾は忘れず

大風ののちの静けき空はただ瞬くために在ると知りたり

ギュスターヴ・モロー

「トラキアの娘が抱くオルフェウス」泪出
づるは愛たりぬゆゑ

甲斐庄楠音（かひのしやうただおと）

「横櫛」の模写にひそめる女人への不信の
念を絵筆をたどる

「月に遊ぶ」

手のかたち同じ少女の紡ぎ出すたふとき念
よ健やかにあれ

ひとまはり長き短き一日を重ねてあの年以来の未（ひつじ）

大雪のなかで見し胞衣（えな）　片割れの鎖をつなぎわれら生きゆく

さ入れ言葉

テロップが執ねく挿む「ら」のためにいま
だながらふ「食べられます」は

飛鳥坐神社・奇祭おんだ祭

清やかに「珍々鈴」は鳴り渡る　ろくでな
し子捕へるこの国の丘に

「その罪を償はさせる」の「さ」は取られ、
言葉尻だけ正しくなりぬ

翼とは左右にありて事を為すものと思へど
傾ぐ人々

平成も極まりかけて「ご感想」に今後の日
本を憂ふひとあり

時制が突破されてから幾久しくて「千円か
らでよろしかつたでせうか」

読み聞かせ、駆けつけ警固、江戸しぐさ、
痒いところが余計痒くて

切れ目なき保障の姿おもほえば主語と述語
の明確に見ゆ

ほんたうは何を回復したいのか熱狂のなき
ファシズムのなかで

おざなりな言葉をいつもなほざりにしてき
たのはきつとわたしたち

明滅をやめたひかりの色気なさ揺れぬひか
りはただの照明

万博知らず

一九七一年

若貴の「若」生れし日に埋められて未だ眠りのタイムカプセルEXPO'70

羊水にまどろむ春の吾は知らず福島第一原発一号機の稼働

みごもりて六月（むつき）、若かりし母は観ただらう
「ゴールデン洋画劇場」初回放送

マクドナルド、カップヌードル、スプライト　なじみ薄きも同じ年重ね

一九七九年「異邦人」
久保田早紀が哀しき声で歌ひをるこども達
いまだ両手下ろせず

遠足のバス、大声で歌つたジュディ・オング

好きな男がゐてしかもその腕のなかで違ふ
男の夢をみるとは

分からないはずが分かつてゐたやうな「魅
せられて」歌ふ小2のわたし

口ずさむときにいまでも風が吹く　何も知
らないままの気もする

千日前通り

千日デパート前の酒房に飲みし父その日あ
またの人降るを見き

えげつない道頓堀の看板のひかりに刑場跡
は紛れる

そのかみのSY角座放課後に観た邦題も人も忘れて

カーネル・サンダース引き上げられてのちもなほ道頓堀に沈む累々

溢れ出る漢字の力におのづから退りて気づく爆買の道

刑場も自安寺も墓地もなくなれどその地下
に君と酌み交はす酒

紛う方なき依代としてホテルＬＯＶＥ生國（いく）
魂（たま）神社の脇に佇む

サンダーバード

降り立てば今日一日を踏まれずに雪のみ受けしホームを穢す

駅前の小さき扉その上に日本一小さき「氷見キネマ」あり

定置網に泳げるさ中絞められる寒ブリ苦し
み知らずといふも

新しい線路に振り分けられてゆく人の流れ
は意志を離れて

春はもう倶利伽羅峠を潜れずに金沢までの
サンダーバード

榎木大明神

関東大震災後全開したといふヘイトスピーチの不死身のあはれ

震災の一年半後初めての治安維持法公布されにき

震災で借金もみ消し帰阪したときの名前は
直木三十二

榎はニレ科、槐は中国原産マメ科

榎だと信じて祀る六百余年榎木大明神に
槐(ゑんじゅ)伸びゆく

榎木大明神坂下に生まれゐし直木嗤はむめ
くそはなくそ

プラカード潜ませて乗る地下鉄にだれもころさず生きてゆくため

ビッグイシュー販売員のホリさんに邂逅する二万五千人の中

二〇一五年八月三十日

かつて大阪監獄でありしよ扇町公園に「戦争アカン」がこだます

半分はやけくそなのかもしれないがプラカード揚げて電車で帰る

駅前の店で出逢ひし小学生恐ろしいのはわたしぢやないよ

蟬の声

大正末期生まれ

祖母義母の参政権なき二十代の日々を思へり梅雨の晴れ間に

「平和ぬ世界どぅ大切」

蟬の声はふぃーわを願ふ叫びだと少女の声は摩文仁（まぶに）にとほる

開票と共に授かるカタルシス後祭りめく選挙特番

今朝もまだ空爆のない青空で枕を寄せてまた目を閉ぢる

父のくるぶし

丈短きズボンの裾が吾に見せし父のくるぶし幼き冬に

朝なさな靴下留めは巻きにけり若かりし父のふくらはぎ二つ

手術日は能登へ仕事と云ふ吾に「エエ足あったら買うてきてくれ」

翌日に覗けば朝からまだ髭を剃らぬままでと父は恥ぢゐる

四日前黒く冷たき右足をさすりしがそこにないといふ不可思議

「ちゃんと詠んでゐるんか」と問はれ首を
振り「それはアカンな」と叱られてをり

肩車されながら見たゾウの春子も父の右足
も吾は詠ひたし

ヱッキャン

今はなきバス停前に奥行きのみじかき宮口商店ありき

町にたつたひとつの店は菓子並べうどんも食はすヱッキャンの店

まだ蕎麦も葱も苦手な四歳の吾は食むヱッ
キャンの葱抜きうどん

おぼろ昆布ほどよくとけてヱッキャンの岡
持ちで届く年越しうどん

子どもさへ不審に思ふ豪華さのヱッキャン
新築レンガの家は

だんじりの初日夕刻ヱッキャンは駄菓子し
こたま吾に与へたり

だんじりの終はりしのちに「よにげ」なる
言葉を知りてヱッキャンを見ず

ヱッキャンの畑の畝は均されて五軒の小さ
き家が建ちたり

うすき幸ひ

入浴剤の香りで少しつながれてあはきあはき家族といふもの

執ねく場所をおもふ気持ちは吾に欠けおもふ人らに寄り添へずをり

血縁のうすき幸ひ、生きてゐるといふほか
互ひにできることなく

吾の知らぬ吾の血管みいだせる一筋縞蚊と
揺るる地下鉄

終電を出でてきざはしのぼるとき闘争心は
はつか芽生える

かみさぶる生駒のやまの般若窟　有象無象
を腹に埋めつつ

あけぐれ　*題詠

置きざりの母性おもへば暁闇(あけぐれ)に月の欠けらは仕舞はれてをり　《欠》

「超訳」といふ号令に変質をしてゆく言葉のちからや匂ひ　《超》

防衛相当惑顔の涙目の底なし沼のやうな微
笑み　《相当》

謹製といふとき兆すナルシズム込められし
ものにをののきながら　《製》

充たされてゆくのはこころでもからだでも
ないなにか口移されて　《移》

触れる

ああ猫に触れ続けたしけものたちに毛があ
る至福に溺れながら

心よりからだは素直からだよりさらに素直
に毛髪はあり

撫でられるためだけにあるものの数へ極まれ
るスマートフォンの液晶

露出して生きてゆくのみ指さきは世界に触
れ続ける鈍さもて

けものとは言ひがたかりき和毛さへいつし
か薄れいつしかおとな

触れがたき奥処に育ちはつか吾を撫でては
剃られてゆく君のひげ

新しき世界

並びゆけば肩も触れ合ふ細き細きジャンジャン横丁をかの日あゆめり

大阪の素顔は憂ひ、笑みもせず笑はせもせぬ曇り日のごと

千成屋珈琲店のミックスジュース飲んだか
どうかの記憶おぼろに

奥の席で話し込みしをいつしかに店のをば
ちゃんが相づち打てり

意外にも珈琲は洗練されて千成屋珈琲店は
雑味なき店

見下ろせば瓦屋根多きこの街の初代通天閣の絢爛

恵美須東といふ町名はありながら常にひらけてゆく新世界

音がゆれる

ことば生む手だてはいつもキーボード子音
母音を縫ひあはせつつ

シャットダウンせぬまま寝ぬる夜の居間に
メール降り積む気配はみちて

音のない世界にも獅子は歯打ちする　みちの悪魔を祓はむとして

鉾流神事のみそぎ済む川に覆へぬものが映しだされる

湿度低き初夏の川辺に紙ふぶき踏みしだかれぬままひかりをり

気がつけば階（きざはし）のうへに並びゐて青磁梅（めい）
瓶（ぴん）の前に語りぬ

そのむかし千三百度の熱を持ち焼かれしも
のが並ぶ涼しさ

うつそみの獅子の歯音に祓はれて悪魔はひ
そむ水都の底ひ

気がつけばといふは言葉のあやである歩み
を止める意志はなかつた

大川の水のちからを受けとめて橋には橋の
うごきありつつ

夕照に川面きらめきそのうへの天神橋が消
える束の間

満月はあるべきやうにみちみちて時機をうかがふことなどしない

欠けてゆく月の放てる音を聴き祓はれしものら峠に向かふ

キーボードに引き裂かれゐし子音母音なつかしみつつ君の名を呼ぶ

ときどきは峠で耳を澄ますこと月に射され
たままのからだで

日陰鬘

来るたびに歓迎されぬ心地して歩くならまち今年何度め

いつまでも余所者として居りたきは吾かも知れず顔馴染み増え

几帳面に展示ガラスの指紋消す白き作務衣
の職員たちは

いがみあひはせぬが悟りにほど遠き宝物館
の法相六祖

朝露の奥田愛基氏のおもかげの畢婆迦羅像（ひばからざう）
の細きゆびさき

美味しいものが食べたいといふ吾のため思
ひ出される小料理屋あり

箸置きは天鈿女(あめのうずめ)が襷掛けしたといふヒカゲ
ノカヅラ青青

大和ではキツネノタスキと呼ぶといふ繊毛
のやうな日蔭鬘を

天鈿女が狐であるといふ仮説妄想族の吾は
愉しむ

十津川の果無峠の入口のうねるキツネノタ
スキおもほゆ

奈良のまちを君とゆくよる日常とハレのあ
はひを未ださまよひ

餅飯殿（もちいどの）センター街を吾はゆくいつしか地元
の人の速度で

式年造替

八年で四度目となる引越しを終へて思ほゆ
「引き越す」の意味

二十年毎第六十次
毀しかたと積み上げかたを受け継ぎて春日
式年造替

忘るることなけれど赦されることもなしと
思へど、二十年なり

家に場所に執着のなきまま生きてそれでも
辿り着くことがある

しあはせにくらしたいなぞとつい思ふ佐保
のお山を眼前にして

日常に近くなりゆく奈良のまち自転車に乗り雲居坂のぼる

奈良がすき奈良はきらひと言へぬままなんとなく少しづつ慣れるといふこと

あとがき

幹線道路を斜めに横切る細い道が、かつての街道だと気づくことがあります。大きな戦禍や災害、あるいは再開発で更地にならないかぎり、道自体は新しい流れに分断されながらも思いのほか命を存えていて、私は、眼前に顕れた道のいとしさと畏しさに胸がいっぱいになりながら、幾時代にもわたる人たちの道行きに思いを巡らせてしまいます。本歌集に収めた四二〇首は、私がこの十年の間に目にし、耳にし、触れた、さまざまなものごとの道行きの記憶です。その中には、まだ訪れたことのない遠野の森の、悪魔祓いの獅子の歯音を私におしえてくれた、現在の夫との道行きの記憶も含まれています。

タイトルは、三章後半「音がゆれる」の最後の一首から採りました。少なからぬ変容のただ中にあった十年を思うとき、ある夜に見上げた月のひかりに、今も射されたままでいるように思うことがあります。月はその明るさで否応なく導き、晒し、突き放し、赦しを得て生きるとは何かを問われ続けているような気持になるのです。私は、まだ詠むことのできていない色々なことを、ふさわしい言葉を見つけていつか詠めるようにしたいと思っています。

「強行採決」以降の歌は、私にとって大きな課題のひとつです。何気ないことばにも、何かを左右する力が潜んでいるのですから、ことばを故意にないがしろにすることは、暴力と同義でさえあると感じています。ことばは時代や個人のなかであやうく揺れ動くものですが、ことばの引力に敏感であり続けることで、行く末が変わることもあるのだと思います。

第一歌集をつくることができたのは、月例作品の選はもとより、ひとかたならずお世話になっている「短歌人」編集人の藤原龍一郎さん、短歌人会入会のきっかけを作ってくださった西王燦さん、いつも遠くから見守ってくださる蒔田さくら子さん、そして酒井佑子さんをはじめ、「短歌人」や短歌人関西歌会のみなさん、結社内勉強会「子(ね)の会」の仲間、私の作歌を応援してくれる友人たち、いつもそばにいることはできなくても大切な人たち、そして心もとない私の歩みを励まし、ときに苦笑しながらも歩幅をあわせて楽しんでくれる夫のおかげだと思っています。

栞文は、関西のご縁で「塔」の江戸雪さん、そして藤原龍一郎さんにお願いしました。お忙しいなかご執筆いただきましたこと、厚く御礼申し上げます。

表紙には、画家の山本じん氏が、銀筆の美しい世界を与えてくださいました。山本じんさん、そして山本さんとの絵本の共著者である奈良在住の作家・寮美千子さん、すてきな出会いをありがとうございました。

最後になりましたが、こまやかなアドバイスをいつもくださる六花書林の宇田川寛之さん、装幀を手掛けていただきました真田幸治さんには、心より感謝申し上げます。

二〇一七年五月二十四日　　佐保山に鶯の鳴く声を聞きながら

勺　禰子

勺 禰子（しゃく・ねこ）略歴

一九七一年八月　大阪府堺市生まれ

二〇〇七年四月　短歌人会入会

二〇一六年七月　「荒鷲の雛—晶子が詠んだ戦争短歌」で
第四十二回短歌人評論・エッセイ賞受賞

現在、「短歌人」同人

現住所　〒630—8113　奈良市法蓮町一三一一

メールアドレス　syaku_neko@live.jp

月に射されたままのからだで

2017年７月24日　初版発行

著　者――勺　　禰子（しゃく・ねこ）

発行者――宇田川寛之

発行所――六花書林
〒170-0005
東京都豊島区南大塚３－44－４　開発社内
電話 03-5949-6307
FAX 03-3983-7678

発売―――開発社
〒170-0005
東京都豊島区南大塚３－44－４
電話 03-3983-6052
FAX 03-3983-7678

印刷―――相良整版印刷
製本―――武蔵製本

定価はカバーに表示してあります
ISBN978-4-907891-45-9 C0092